Alice's Adventures in Wonderland

愛麗絲漫遊奇境

路易斯·卡洛 Lewis Carroll ／著　羅伯英潘 Robert Ingpen ／繪

周惠玲／譯

愛麗絲漫遊奇境
Alice's Adventures in Wonderland

作者｜路易斯·卡洛 Lewis Carroll
繪者｜羅伯英潘 Robert Ingpen
縮寫｜茱莉葉·史丹利 Juliet Stanley
譯者｜周惠玲

字畝文化創意有限公司
社　　長｜馮季眉
責任編輯｜李晨豪
編　　輯｜戴鈺娟、陳曉慈、徐子茹
美術設計｜蔚藍鯨

讀書共和國出版集團
社　　長｜郭重興
發行人暨出版總監｜曾大福
業務平臺總經理｜李雪麗
業務平臺副總經理｜李復民
實體通路協理｜林詩富
網路暨海外通路協理｜張鑫峰
特販通路協理｜陳綺瑩
印務協理｜江域平
印務主任｜李孟儒

發　　行｜遠足文化事業股份有限公司
地　　址｜231 新北市新店區民權路 108-2 號 9 樓
電　　話｜(02)2218-1417
傳　　真｜(02)8667-1065
電子信箱｜service@bookrep.com.tw
網　　址｜www.bookrep.com.tw

法律顧問｜華洋法律事務所　蘇文生律師
印　　製｜中原造像股份有限公司

2020 年 8 月　初版一刷
2021 年 9 月　初版二刷
定　　價｜420 元
書　　號｜XBTH0056
ISBN 978-986-5505-29-5

國家圖書館出版品預行編目資料

愛麗絲漫遊奇境 / 路易斯·卡洛(Lewis Carroll)
作; 羅伯英潘(Robert Ingpen)繪; 茱莉葉·史丹利
(Juliet Stanley)縮寫; 周惠玲譯. -- 初版. -- 新北市:
字畝文化出版 : 遠足文化事業股份有限公司發行,
2020.08　　面；　公分
譯自：Alice's Adventures in Wonderland
ISBN 978-986-5505-29-5 (精裝)

873.596　　　　　　　　　　　　109009637

目錄

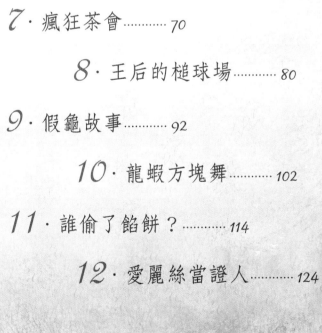

1
掉下兔子洞

愛麗絲跟姊姊一同坐在金光閃閃的河邊。她正無聊得打呵欠時，忽然看見一隻穿著禮服的白兔跑過去。

「糟啦！糟啦！」白兔從口袋裡掏出一只懷錶來看，「我快遲到了。」

愛麗絲跳起來，追著那隻白兔。白兔跑進一個很大的兔子洞，她也跟著衝進去。突然，她發現自己正往下掉，而且掉了很久很久都沒停，久到她開始東張西望，胡思亂想。洞穴底下好暗，什麼也看不到，但是她可以瞧見洞壁四周有許多櫥櫃和書架。

愛麗絲順手從剛經過的架子上拿起一只罐子。罐子上貼著「柳橙果醬」的標籤，可是罐裡是空的，這讓她很失望。她不想把罐子丟掉，因為怕會打到人，所以她就把它放在下一個經過的櫥櫃裡。

掉，掉，掉。會不會永遠都不停啊？「不知道我現在已經掉落多少公里了？」她大聲說，「我一定快到達地球的中心了。讓我想想……我猜，應該

有六千多公里了吧。」（愛麗絲在學校裡學會了許多這類的事，雖然現在並不是*很適合*展現這些知識的時機，因為旁邊根本沒人在聽，可是趁機練習一下，才能記得牢啊。）「沒錯，應該就是這個距離——可是經度和緯度呢？」（其實愛麗絲也不懂這些名詞的意思，不過她喜歡說出這幾個字。）

掉，掉，掉。因為沒有別的事好做，所以愛麗絲立刻又開始說話。

「不知道我會不會就這樣穿過地球！那一定很好玩！噢，而且我猜，等到了晚上戴娜就會開始想念我了！」（戴娜是她的貓。）「但願他們會記得餵牠喝牛奶。真希望牠現在跟我在一起！半空中沒有老鼠，可是牠可以捉蝙蝠，牠們長得跟老鼠差不多。可是貓吃蝙蝠嗎？」

愛麗絲開始睏了，她口齒不清的說：「貓吃蝙蝠嗎？貓吃蝠？」然後變成：「蝠吃貓？」

她覺得自己就快睡著了，還開始夢見她跟戴娜手牽手一起散步。在夢裡她問：「戴娜，你老實說！你有沒有吃過蝙蝠？」接著她降落在一大堆枯樹葉上，不再繼續往下掉了。

愛麗絲彈起身，看見白兔正快步跑向一條長長的通道。她連忙追上去，正好聽見牠說：「噢我的耳朵我的鬍鬚呀，我要大遲到了！」接著牠就拐過彎。

愛麗絲也跟著拐彎，但白兔已經消失。她發現自己來到了一條長廊，裡

面有很多門。每一道門都上鎖，愛麗絲心想，該怎麼出去呢？

突然，她看見一張小桌子，桌上有一把金色小鑰匙。

然後，她又看見一面布簾，布簾後有一個小門，金色小鑰匙可以打開它。小門通往一條小走廊，盡頭是愛麗絲所見過最最可愛的花園。可是，她連頭都擠不過那道小門。

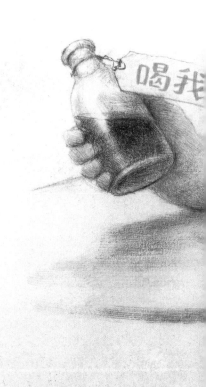

「噢，真希望我能像一支望遠鏡那樣，一往回收就縮小！」她說。

愛麗絲轉身走回去，看見那張小桌子上多了一個小瓶子。瓶頸上套著一張標籤，寫著「**喝我**」。

「剛才這裡並沒有這只瓶子，」她說，開始檢查瓶子上有沒有寫著「毒藥」。她知道，如果瓶子上寫著「毒藥」，而你喝了它，那可會惹上大麻煩的。

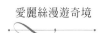

瓶子上並沒有寫著「毒藥」。愛麗絲試了一口，它喝起來有櫻桃餡餅、奶蛋糊、鳳梨、烤火雞、太妃糖，以及熱奶油吐司的味道，所以她很快就把它喝光光。

「這感覺真奇妙！」愛麗絲說，「現在我覺得自己像正被收起來的望遠鏡。」很快的，她的身高變小到正好可以穿過小門，前往那個可愛的花園。可是愛麗絲把那支金色小鑰匙留在桌子上，而現在她太小了，已經沒辦法拿到它。這可憐的小傢伙就坐在地上哭了起來。

「我勸你別再哭了！」愛麗絲嚴厲的對自己說。她經常會給自己非常好的建議（可是她很少聽從）。有時候愛麗絲會很兇的責備自己，還會把自己罵哭。她很喜歡假裝成兩個人。

「但是，」愛麗絲心想，「我現在的身體太小了，根本沒有足夠分量再變出另一個人！」

這時，她看見桌子底下有一個小玻璃盒，裡面放著一塊很小的蛋糕，上面用無籽小葡萄乾排成「**吃我**」兩個字。「我要吃，」愛麗絲說，「如果它會讓我變大，我就能拿到那把鑰匙，而如果它讓我變得更小，我就可以從那扇門底下鑽過去。不管是哪一種情況，我都能到那個花園去。」

愛麗絲吃了一小口蛋糕，接著把手擱在頭頂上，去感覺自己是不是正在

長大。結果她的體型還是一樣,這讓她很驚訝(雖然平常你吃了蛋糕以後也

不會變),於是她把那塊蛋糕整個塞進嘴巴裡,沒一會兒就把它吃光光。

2
哭了一池水

「越奇怪，來奇怪了！」愛麗絲大叫。（因為太吃驚了，所以她忘了該怎麼好好說話！）「現在我像被推開到最遠的巨大望遠鏡了！再見了，我的腳！」

接著，她的頭撞上走廊的頂端。現在她只能用一隻大眼睛觀看那個花園，要想進入花園，比之前更沒指望了。她坐下，放聲大哭。

「很丟臉欸，」愛麗絲說，「像你這麼大的女孩，」（現在她真的很大），「竟然哭成這樣！馬上給我住嘴！」可是她仍然繼續哭，直到周圍變成了一池深水。

過了一會，她聽見遠處傳來啪答啪答的跑步聲。那是白兔，穿著很體面，手上還拿著一雙白色的手套，和一把大扇子。牠正喃喃自語：「噢！如果我讓公爵夫人等的話，她一定會氣壞！」

　　愛麗絲急著想求救，當白兔走近時，她說：「先生，請你⋯⋯」白兔被

嚇了一跳，手上的白手套和大扇子掉了下來，然後牠匆匆跑開，消失在黑暗

中。愛麗絲撿起手套和扇子，一邊搧風一邊對自己說：

「今天的所有事都好奇怪！昨天還很正常。難道我是昨天夜裡被變成了另一個人？讓我想想⋯⋯我好像記得今天早上醒來的時候感覺跟以前有一些不一樣。如果真的不一樣，那麼下一個問題：我是誰？」她開始把她認得的同年紀小孩想一遍，看看她有沒有可能變成了他們當中的哪一個。

「我很確定我不是艾妲，」她說，「因為她的頭髮是捲的，我的不是。我也不是梅貝兒，因為我懂很多事，她不懂。好，我來試試我是不是還記得以前知道的事情。四乘五等於十二，四乘六等於十三，四乘七等於——噢糟了！我再試試地理。倫敦是巴黎的首都。巴黎是羅馬的首都，而羅馬是——噢不，一切都錯了！我一定是變成梅貝兒了！」

她的眼睛又湧出了眼淚。「這麼一來我就得去住在那間小房子了，既沒有玩具可以玩，還得做很多功課！不行，我決定了。如果我是梅貝兒，我就要待在這裡！讓他們低頭來求我說：『出來吧，親愛的！』可是我會抬高下巴回答：『那你們說我是誰呢？先告訴我這個。』然後，如果他們說的那個人是我喜歡的，我才要出去。如果不喜歡，我就要一直待在這裡，直到我變成另一個人。噢天哪！」愛麗絲叫嚷，「我真希望他們*會*低頭來求我！我*已經不想*自己一個待在這裡了！」

她一面說著，一面低頭往下瞧，很訝異的看見自己手上正戴著白兔的一

只白手套。而白兔畢竟比愛麗絲小很多，所以那只手套並沒有完全戴好。

「我剛才做了什麼？」她想，「我一定又要變小了。」愛麗絲站起身，驚奇的發現自己正在快速縮小。她立刻懂了，這都是因為她正握著那把扇子，才讓她變小，所以她連忙拋掉扇子，及時避免自己縮小到完全消失。

「那邊有一道小門！」愛麗絲說，「現在我可以進花園去了！」她連忙跑回那扇小門邊，可是它又關上了，而那支金色小鑰匙也回到玻璃桌上。「情況比以前更糟了，」這個可憐的小孩心想，「因為我從來沒這麼渺小過，從來沒有！」

才剛說完，愛麗絲腳下一滑，跌進水裡，從下巴以下全淹沒在鹽水中。一開始她還以為是掉進了海裡，可是很快就發現，她其實是在自己的眼淚池裡。

「真希望我剛剛沒哭得那麼厲害！」愛麗絲說，她四處游著，尋找出去的路。然後她聽到一陣拍打水面的聲音，回頭看，那是一隻老鼠。

「這裡的一切都好奇怪，我敢打賭，牠還會講話呢。」愛麗絲心想，於是她開口問，「我該怎麼離開這座池子？」那隻老鼠看著她，沒答話。

「也許牠是法國來的！」愛麗絲心想，於是又說，「*Où est ma chatte?*」（這是她法文課本上的第一個句子，意思是說：「我的貓在哪裡？」）那隻

老鼠一驚，彈出水面，似乎很恐懼的

發抖。「我很抱歉！」愛麗絲趕

快喊著，「我忘了你不喜歡

貓。」

「如果你是我，你

會喜歡貓嗎？」老鼠

大叫。

「大概不會，」愛

麗絲說，「可是你一定會

喜歡我們家的貓戴娜，她很

可愛，會乖乖趴在火爐邊打呼

嚕，而且她很會抓老鼠⋯⋯噢，請原諒

我！」愛麗絲再度大喊，「那你⋯⋯喜歡⋯⋯狗嗎？」老鼠沒回答。「我們

家附近有一隻很乖的小狗。每次你丟東西給牠，牠都能接到。牠是一個農夫

的狗。農夫說牠把家裡的鼠類全咬死了，而且⋯⋯噢天哪！」愛麗絲大叫，

她看見那隻老鼠正奮力從她身邊游開，「我又讓你不開心了！」

「拜託你回來，」她溫柔的呼喚，「我保證不再提貓或狗了！」那隻老

鼠聽見了，這才轉過身，慢慢的游回她身邊。

　　「讓我們游上岸吧，我會告訴你，為什麼我痛恨貓和狗。」老鼠說。愛麗絲游在前頭，後面跟著一隻鴨子、一隻度度鳥、一隻鸚鵡，一隻小鷹，以及許多奇奇怪怪的生物，牠們全跟著她游上岸。

3

沒頭沒尾的賽跑

一回到乾爽的地面，才看見大家都好狼狽——鳥兒的羽毛凌亂，獸類的毛平貼在皮膚上，個個全身濕淋淋的，看牠們的樣子似乎很不舒服，表情也十分不高興。

最後老鼠大聲說：「坐下，你們全部，聽我說！我會盡快讓你們變乾！」大家立刻坐下，圍成一個大圈，老鼠則坐在圓圈中央。愛麗絲盯著老鼠看，她很確定，如果不趕快變乾，她就會感冒了。

「哼嗯！」老鼠神氣十足的開口，「大家都準備好了嗎？我來跟你們說一個非常枯燥的故事！請安靜聽我說！英格蘭迅速落入征服者威廉之手，由於英格蘭經歷過諸多戰役，他們亟需一位領袖。兩名伯爵⋯⋯」

「咳！」鸚鵡說，全身顫抖著。

「恕我直問！」老鼠皺著眉頭說，「你有何話要說？」

「沒有！」鸚鵡迅速回答。

「我還以為你要發言，」老鼠說，「總之⋯⋯兩名伯爵和坎特伯里主教發現它是一個好主意⋯⋯」

「發現什麼？」鴨子說。

「發現它，」老鼠回答，不高興的說，「你當然知道『它』是什麼意思。」

「我知道『它』是什麼意思，當我發現一樣東西時，」鴨子說，「通常『它』是指一隻青蛙或者一條蟲。問題是，主教發現的它是什麼？」

老鼠沒理會這個問題，繼續往下說：「⋯⋯發現它是一個好主意，就跟著愛德嘉王子去面見征服者威廉，並獻上王冠。剛開始，威廉國王態度和善，可是他底下的諾曼人行為粗魯⋯⋯你現在乾了嗎，親愛的？」老鼠問愛麗絲。

「還是濕的，」愛麗絲悲傷的說，「你的故事完全沒讓我變乾。」

「好吧，」度度鳥站起身說，「我們來做一些比較起勁的事吧。要弄乾身體的最好辦法，就是來一場沒頭沒尾的賽跑。」

「沒頭沒尾的賽跑是什麼？」愛麗絲問。

「最好的解釋就是做給你看。」度度鳥說。首先是畫定一個可以循環的跑道（至於是什麼形狀的不重要）。沒有起跑線，也不用喊「一，二，三，

開始！」每個跑者從跑道上的不同位置開始跑，想停隨時可以停，所以很難知道賽跑是什麼時候結束的。

過了大約半個小時以後，大家都乾得差不多了，度度鳥就大喊：「賽跑結束！」

「誰贏了？」大家喘著氣，圍住牠問。

度度鳥認真想了很久。最後牠說：「*每一個*都贏了，所以大家都必須有獎賞。」

「誰來頒獎？」大家異口同聲問。

「當然是*她*。」度度鳥說，並指著愛麗絲。於是大家都圍著她，叫嚷著：「獎賞！獎賞！」

愛麗絲從口袋裡拿出許多糖果（幸好剛才鹹鹹的池水沒把糖果弄壞），然後把糖果遞出去。不多不少，每一個參賽者都拿到一顆。

「可是她也應該有一個獎賞。」老鼠說。

「你的口袋裡還有什麼？」度度鳥問愛麗絲。

「只有一個縫衣服時候套在手指上的頂針。」她悲傷的回答。

「拿出來。」度度鳥說。

於是大家圍繞著愛麗絲，當度度鳥把頂針遞給她時，大家一陣歡呼。

愛麗絲覺得整件事情很荒謬，可是大家
的表情都很認真，所以她也只好忍住
不笑。她鞠躬答禮，並拿起那個頂
針。然後大家又坐了下來，再度圍
成一圈，要求老鼠講故事。

「你答應過我，要說你為什麼
痛恨喵和汪的故事。」愛麗絲避開那
兩個字，還刻意放輕聲，不想又惹老鼠不開心。

「說起我的……委實又長又悲傷矣！」老鼠說，轉身看著愛麗絲，嘆口
氣。

「尾*實在*很長，」愛麗絲說，低頭盯著老鼠的尾巴，「可是它為什麼會
悲傷啊？」

她很專心在想這個問題，所以當老鼠開始講故事的時候，她已經分心
了。

「你沒在聽！」老鼠生氣的對愛麗絲說，牠站起身走開。

「對不起！」愛麗絲對著牠的背後喊，「請你回來把故事講完！」可是
老鼠搖頭，加快腳步離開。

「好可惜牠不肯留下來！」當老鼠的身影消失無蹤以後，鸚鵡嘆口氣說。

「要是戴娜在這裡就好了！」愛麗絲說，「牠一定很快就能把牠帶回來。」

「不過那是誰呀，我能問一下嗎，誰是戴娜？」鸚鵡說。

「戴娜是我家的貓，」愛麗絲熱切的回答（她一向很樂意聊她的寵物），「牠很會抓老鼠，噢，還有鳥！牠最愛吃鳥了！」有些鳥立刻離開。有一隻年長的喜鵲說：「我真的必須趕快回家了！」還有一隻金絲雀叫喚牠的孩子們：「走吧，我的小寶貝們！你們該睡覺了！」很快的，大家全離開了，只剩下愛麗絲一個。

「但願我剛才沒提到戴娜！」她傷心的對自己說，「看起來，這裡沒有一個喜歡牠，雖然牠是全世界最好的貓！噢，戴娜！不知道我還能不能再看見你！」

愛麗絲又開始哭了起來，因為她覺得非常孤單而且悲傷，可是她馬上又聽到遠處傳來啪答啪答的腳步聲。她抬頭看，抱著一絲希望是老鼠改變主意，回來把牠的故事說完。

4
白兔派任務

　　結果是白兔又出現了，牠喃喃自語說：「噢，我的爪子，我的毛皮和鬍鬚！公爵夫人一定會殺了我。我到底把它們掉在哪兒啦？」愛麗絲開始四下尋找那把扇子和手套，可是自從她在水裡開始游動以後，一切景物都改變了，那個走廊也消失了。

　　「瑪麗安，」白兔生氣的對愛麗絲大吼，「你到底在這裡做什麼？快跑回屋裡去拿我的手套和扇子來！」愛麗絲被牠一嚇，立刻跑向牠手指的方向去。

　　「牠以為我是牠的女僕，」她一面奔跑一面對自己說，「等牠發現我是誰的時候一定會很驚訝！」然後她來到了一間小巧整潔的房子，門牌上寫著「**白兔**」，她趕緊進門找扇子和手套。

　　「好奇怪，我竟然幫一隻兔子跑腿！」她想著，「看來下次我就得聽戴娜的命令做事了。但如果戴娜也開始使喚人的話，我想他們不會願意讓戴娜

留下來的。」

這一次她找到了一把扇子和另外一雙手套。她拿起它們，正要離開的時候，又看見了一只小瓶子。「我知道有趣的事情又要發生了，」她想，拿起瓶子湊向嘴唇，「我希望它可以讓我再一次長大。我已經厭煩當這麼小的人了。」

她的頭立刻頂到屋頂。愛麗絲馬上放下瓶子，說：「真是夠了──你立刻停止長大──現在我已經沒辦法從門出去了──真希望我剛才沒喝那麼多。」

太遲了！愛麗絲還是不停長大，大到她的一隻手臂從窗戶穿出去，還有一隻腳伸入壁爐內。

「現在我會變成什麼呢？」她對自己說，「我還是待在家裡比較好，那時候我可不會一直長大或變小，或者被老鼠和兔子欺負。我以前都認為童話故事不會真的發生，可是現在我卻在其中一個故事裡。應該要有一本書寫到我！等我長大以後，我要寫一本……」她一直想著這些事，直到她聽見外面

傳來一個聲音。

「瑪麗安！現在就把我的手套拿出來！」白兔大叫。牠試著想打開門，可是門被愛麗絲的手肘頂住了，於是牠自言自語說：「我要從窗戶進去。」

「不可以！」愛麗絲心想，當她聽見白兔來到窗戶底下時，就試著用手去抓牠。一陣尖叫聲和玻璃碎裂的聲音傳來，接著她聽到白兔憤怒的大叫。「派特，你過來！告訴我，窗戶裡的那個是什麼？」

「那是手臂，先生！」

「可是它塞滿了整個窗戶！」

「就算這樣，它仍然是一隻手臂，先生！」

「好吧，把它移走！」

愛麗絲再一次用手去抓。這一次她聽見了兩聲尖叫。在安靜了好一會之後，又聽見一輛車行走的轟隆聲，以及鬧哄哄的嘈雜聲。「梯子在哪裡？」「屋頂夠堅固嗎？」「誰要從煙囪爬下去？」

愛麗絲等著，直到她聽見有一隻小動物快速爬上她頭頂上方的煙囪。接著她狠狠一踢，然後聽接下來發生什麼。她聽到一陣喧嘩聲說：「比爾飛出來了！」然後是白兔的聲音大叫：「接住牠！」接著又有很多聲音大叫：「快點幫牠！」「你還好嗎，比爾？」「告訴我們發生了什麼事？」

最後是一個微弱無力的聲音說：「我也不知道到底發生了什麼！有個像玩具盒彈簧人的東西攻擊我，然後我就像火箭似的噴射出來了。」

「我們必須燒掉這棟房子！」白兔說。

「如果你膽敢這麼做，我就叫戴娜咬你！」愛麗絲用力大叫，外面一片靜寂。

「不知道牠們接下來會做什麼！」

愛麗絲心裡想：「如果牠們夠聰明的話，應該要拆掉屋頂。」她正想著，下一秒就飛來一陣石頭雨，狂烈的打在窗戶上。那些石頭變成小糕餅，這讓愛麗絲靈機一動。

「如果我吃一塊糕餅，」她想著，「我敢打賭，我的身體又會開始改變大小。我不可能再更大了，所以我一定是變小。」她立刻吞下一塊糕餅，接著她的身體開始縮小。很快的，她就小到能夠通過房門。於是，愛麗絲飛快從屋裡跑出去。

愛麗絲一出現，馬上有一群奇怪的小動物朝她衝過來，可是她盡可能快跑，然後迅速來到一座樹林裡。當她躲藏在樹叢中時，一個尖銳聲音朝她吠叫，她立刻抬頭看。

一隻巨大的小狗正低頭盯著她。她撿起一根樹枝，那隻小狗往前一躍撲向她。愛麗絲覺得這簡直像是在跟一匹運貨的馬玩接飛盤的遊戲。她擔心自己隨時可能會被狗踩在腳下。

最後小狗終於坐下來，喘氣。愛麗絲決定趁這時候快逃。她拼命跑，直到那隻小狗的吠叫聲消失在模糊的遠方。

「我真想教牠玩一些把戲。」她想著，身體靠在一枝金鳳花上，並拿起一片葉子幫自己搧風。「如果現在我是正常的大小就好了！我猜我必須吃點東西或喝點什麼。可是，會是什麼呢？」

愛麗絲四處張望，卻看不見有什麼可以吃或喝的。然後她發現了一個巨大的蘑菇，於是她踮起腳尖，從蘑菇的邊緣往上瞧。在蘑菇的上頭，坐了一隻很大的藍色毛毛蟲，牠正安靜的抽著一根菸斗，完全不管她，也不理周圍的動靜。

5
毛毛蟲給勸告

　　毛毛蟲和愛麗絲盯著對方，互相看了好久。然後，毛毛蟲把嘴裡的菸斗拿開，懶洋洋的說：「*你是誰？*」

　　「我真的不知道，」愛麗絲心虛的說，「今天早上起床的時候，我還知道我是誰，可是自從那以後，我想我就改變了好幾次。」

　　「你是什麼意思？」毛毛蟲說，「你自己解釋一下。」

　　「我沒辦法 *自己解釋*，」愛麗絲說，「因為我不是我自己。一天內身體變化這麼多次，任誰都會覺得困惑。」

　　「不，我就不會覺得。」毛毛蟲說。

　　「當你變成一個蛹，然後再變成一隻蝴蝶，難道你不會覺得有一點點奇怪嗎？」

　　「一點也不。」毛毛蟲說。

　　「好吧，可我就是覺得奇怪。」

「你！」毛毛蟲說，「你是誰？」

這讓他們的對話又回到開頭。愛麗絲被毛毛蟲的簡短問話惹毛了，她站起身來，說：「我認為你應該先告訴我你是誰。」

「為何？」毛毛蟲說。

愛麗絲想不出好理由，而且感覺毛毛蟲的心情似乎不太好，於是她就轉身離開。

「回來！」牠呼喚，「我有重要的事要說！」聽起來很有誠意，於是愛麗絲轉身再度走回去。

「要鎮定。」毛毛蟲說。

「就這樣？」愛麗絲說。

「不……」牠抽了幾口菸，然後繼續說，「所以你認為你改變了，是嗎？」

「恐怕我已經改變了，」愛麗絲說，「我想不起那些我以前知道的事——而且我身體的大小每過不到十分鐘就會改變！」

「想不起什麼事？」毛毛蟲說。

「是這樣的，我想背出乘法表，卻一直說錯！」愛麗絲難過的說。

「那你想成為哪種大小？」毛毛蟲說。

「哪種都好，」愛麗絲回答，「我只希望不要一直變來變去。」

「你會習慣的。」毛毛蟲從蘑菇上下來，爬進草叢裡，說，「蘑菇的一邊會讓你變高，另一邊會讓你變矮。」接著牠就消失了。

蘑菇很圓，愛麗絲根本分不出來哪邊是哪邊。最後，她伸長手臂，盡可能環抱住蘑菇，然後雙手各自掰下一小塊蘑菇。她把右手上的蘑菇咬了一丁點，瞬間她的下巴撞落在她的腳上。她被突如其來的改變嚇壞了，於是趕快吃一些左手上的蘑菇。接著她發現自己的肩膀不見了。當她盡可能低頭往下瞧的時候，只看見一條長得不可思議的脖子，就像一根莖幹似的，從她底下的遙遠綠色樹海冒出來，而且那條脖子還不停的往上竄高。

「那些綠綠的東西是什麼？」愛麗絲說，「而我的肩膀又*到了*哪裡去？」她一面說，一面扭動肩膀。可是，遙遠的底下除了葉叢在搖動之外，她什麼也看不見。

愛麗絲很快就發現了，她的脖子可以輕易的朝任何方向彎曲，就像一條蛇那樣。於是她捲起脖子，準備鑽進樹葉中（那是樹叢的頂端，剛才她曾經穿梭其中）。這時候，有一隻巨大的鴿子朝她的臉撲過來，並開始拍著翅膀攻擊她。

「蛇！」鴿子尖叫。

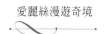

「我才不是蛇！」愛麗絲大喊，「走開！」

「虧我這麼努力！」那隻鴿子哭著說。

「你到底在說甚麼？」愛麗絲問。

「我試過樹根、河岸，還有樹籬，」鴿子繼續說，「卻怎麼也躲不開這些蛇！」愛麗絲實在聽不懂，可是她想，現在說什麼都沒有用，只能等鴿子說完。

「孵蛋已經夠辛苦了，」鴿子說，「可是不管白天或晚上，我還得提防蛇！我已經三個星期都沒睡覺了！本來我還以為終於擺脫牠們了，因為這裡是整個樹林中最高的一棵樹，結果牠們竟然扭著身子從天而降！」

「可是我不是一條蛇！」愛麗絲說，「我是一個女孩。」

「我這輩子看過很多小女孩，但從沒見過一個女孩的脖子長成這樣！」鴿子說，「你就是一條蛇！再狡賴也沒用。你接著是不是還要告訴我說，你從沒吃過蛋！」

「我是有吃過蛋，」愛麗絲很老實的說，「小孩吃的蛋跟蛇吃的一樣多，可是我現在並沒有到處找蛋來吃。而且，我再怎樣也不會去吃你的蛋。我不喜歡吃生的蛋。」

「那你快滾開！」鴿子說，再度在牠的巢中坐好。

　　愛麗絲在樹叢中蹲坐了下來，開始小心翼翼的啃咬著蘑菇。有時候她會長得非常巨大，有時她又會變得很矮小，最後她終於回復到平常的大小。她已經很久都不是正常的大小，所以當她恢復的時候，一開始她還覺得怪怪的，不過很快的她就習慣了。

　　「我的計畫已經完成一半！」她對自己說，「既然現在我已經恢復正確的大小，那接下來就要去那個美麗的花園。可是該怎麼做呢？」她剛這麼說，突然就走到了一個空曠的地方，眼前有一間小巧的屋子。

　　「是誰住在這裡？」愛麗絲心想，「我可不能用這個大小去見他們。會嚇到他們的！」於是她就咬了一小口右手的蘑菇。

6

會笑的貓

愛麗絲看著那棟小房子，心想接下來該怎麼辦。突然，有一個穿著帥氣、臉像魚的男僕，從樹林裡跑出來，大聲敲著門。另一個長相像青蛙的男僕打開門。

愛麗絲躡手躡腳從樹林裡走出來，偷聽牠們的談話。她注意到這兩位男僕都戴著假髮。

魚臉男僕拿出一封很大的信說：「致公爵夫人。王后邀請去打槌球。」兩個男僕互相敬禮，這使得牠們的假髮糾纏在一起。

愛麗絲哈哈大笑。她怕自己笑得太大聲，趕緊退回森林裡，免得被牠們聽見。當她再一次探頭偷看的時候，發現魚臉男僕已經走了，而青蛙男僕正坐在靠近門口的廣場上，呆呆的望著天空。愛麗絲走向門口，敲敲門。

「你敲門也沒用，」青蛙男僕說，「他們聽不見的。」從屋裡傳出嚎啕大哭聲和尖叫聲，另外，不時還有像是摔破盤子或茶壺的聲響傳出來。

「我該怎麼進去？」愛麗絲問，可是那個男僕沒理會她。

「我得坐在這裡，一直到明天……」牠說。

就在這時，有一隻盤子飛過男僕的頭頂，摔破在他們身後的一棵樹上。

「……或者明天的明天。」青蛙男僕接著又說，好像什麼事也沒發生。

「我該怎麼進去？」愛麗絲又問了一次，聲音比之前大。

「你能進去嗎？」男僕說，「首先得這麼問。」

「噢，跟牠說話一點用也沒有。牠是個笨蛋！」

愛麗絲打開門，發現她來到一間很大、充滿煙霧的廚房裡。公爵夫人坐在一張凳子上，手裡抱著一個嬰兒，另外還有一位廚娘，正在攪拌一大鍋的湯。

「湯裡放太多胡椒了！」愛麗絲想，她跟著公爵夫人、嬰兒一起打噴嚏，那個嬰兒一面打噴嚏，還一面嚎啕大哭。有一隻體型很大的貓正蹲坐在火爐邊，牠正在笑，嘴巴從一邊的耳朵咧到另一邊。牠並沒有打噴嚏。

「請問，」愛麗絲說，「你們的貓怎麼會笑成這樣？」

「因為牠是一隻柴郡貓。」公爵夫人說。

「我不知道貓會笑。」愛麗絲回答，很高興能夠開始交談。

「你知道的事情太少了，」公爵夫人說，「事實就是這樣。」

當愛麗絲正想著該怎麼回答時，廚娘開始朝公爵夫人丟來長柄湯鍋、盤子和杯子。

「噢，*拜託*你住手！」愛麗絲大喊，很擔心那個嬰兒受傷。

「如果每個人都管好自己的事，」公爵夫人大吼，「這個世界就會轉動得快一點。」

「那就*不妙*了，」愛麗絲說，很高興有機會能夠展現她的知識，「你看，地球從頭到尾必須用二十四小時，才能繞著地軸轉動一圈。」

「說到頭，」公爵夫人說，「給我砍下她的頭！」

愛麗絲擔心的看著廚娘，不知道她有沒有聽見公爵夫人的話，可是那個廚娘正忙著攪拌那鍋湯。

「接住，如果你喜歡的話！」公爵夫人說著，就把嬰兒扔向愛麗絲，然後她快速離開房間，「我必須去準備跟王后打槌球。」當公爵夫人要離開時，廚娘拿起一隻炒鍋朝她扔過去，不過沒扔中。

「如果我不趕快帶著這個小孩離開，」愛麗絲接住嬰兒，帶著他走出屋子，「不出兩天他們就會害死他。放著不管不也等於是在害他？」那個小傢

伙發出齁齁的呼嚕聲，像是在回答她。

「別再齁了，」愛麗絲說，「這不是表達想法的好方式。」

那個嬰兒又齁齁叫了起來，愛麗絲低頭看著他，他的鼻子長得可真像豬鼻子啊。接著他齁叫得更大聲了，沒錯——這的確是一隻豬。愛麗絲放下牠，牠急忙奔向樹林裡去。

接著，愛麗絲看見了那隻柴郡貓，牠正坐在附近的一棵樹上，咧嘴笑著。牠的爪子好長，牙齒也好多，所以愛麗絲覺得應該要對牠很恭敬。

「柴郡貓，」她開口說，「請告訴我，應該往哪個方向走？」

「你想去哪裡？」牠說，繼續咧嘴笑。

「哪裡都行。」愛麗絲說。

「這樣的話，你往哪個方向走都行，」柴郡貓說，「只要你走得夠久，肯定會到達某個地方。帽匠住在*那邊*，三月兔住在另外*那一邊*。他們兩個都是瘋子。」

「可是我不想去拜訪瘋子。」愛麗絲說出她的想法。

「噢，在這裡的我們都是瘋子，」柴郡貓說，「我是瘋子。你也是瘋子。」

「你怎麼知道我是瘋子？」愛麗絲說。

「你一定是瘋子，」貓說，「否則你不會來到這裡。告訴我，你今天會去跟王后打槌球嗎？」

「我很樂意去，」愛麗絲說，「可是我還沒被邀請。」

「我會在那裡。」貓說，還漸消失然後又逐漸出現。「那個嬰兒怎樣了？」牠問。

「牠變成了一隻豬。」愛麗絲說。

「我就知道牠會這樣，」貓說，再一次消失，可是當愛麗絲抬頭往上看時，牠又出現了，正蹲坐在一棵樹的枝幹上。「你剛才說是一隻豬還是一直煮？」牠問。

「豬，」愛麗絲回答，「而且，拜託你別再這麼突然出現又消失。看得我都頭暈了。」這一次牠消失得很緩慢，首先從尾巴開始，最後是笑容。

　　「我以前見過沒有笑臉的貓，」愛麗絲邊走邊想，「可是從沒看過沒有

貓的笑臉！」不久她就來到三月兔的家。

　　「萬一牠瘋得很徹底那該怎麼辦？」愛麗絲想，「真希望我去的是帽匠

的家！」

瘋狂茶會

在三月兔的家門口，愛麗絲看見牠正和帽匠坐在樹下的一張大桌子旁喝茶，在他們倆的中間，還坐了一隻睡著的睡鼠。他們三個全擠在大桌子的一個角落。

「沒位子了！」他們一看見愛麗絲就立刻嚷嚷。

「位子還很多！」愛麗絲說著，坐了下來。

「為什麼烏鴉像書桌？」帽匠問。

「噢，猜謎！」愛麗絲說，「我相信我猜得出來。」

「你意思是，你認為你可以找到答案？」三月兔說。

「是的。」愛麗絲說。

「那你應該說出你要表達的意思。」三月兔不以為然的說。

「我是啊，」愛麗絲回答，「至少我表達出來的就是我要說的，這兩句話的意思是一樣的。」

「不，不一樣！」帽匠説，「我看你八成還會説『我看見我吃的』跟『我吃我看見的』是同一個意思。」

「你八成還會説，」三月兔加了一句，「『我喜歡我擁有的東西』跟『我擁有我喜歡的東西』是同樣意思。」

「八成還會説，」睡鼠也補了一句，雖然牠看起來像是在説夢話，「『我睡覺的時候會呼吸』跟『我呼吸的時候會睡覺』是同一個意思。」

「對你來説，那是同一個意思，」帽匠説，他停了一會兒沒説話，而愛麗絲努力想記起所有關於烏鴉和書桌的事，可惜並沒有太多。

然後，帽匠從口袋裡拿出懷錶，他看看它，還搖一搖，接著拿到耳邊聽。

「我就説嘛，奶油一點用也沒！」他生氣的對三月兔説。

「那是*最好的*奶油。」三月兔辯解。

「沒錯，可是一定摻混了一些麵包屑，」帽匠抱怨，「你不應該用麵包刀來抹！」

三月兔拿起懷錶，悶悶不樂的看著它，然後把它丟入茶杯裡。

牠又看了懷錶一眼，重複説：「那是最好的奶油，你知道的。」

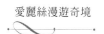

「睡鼠又睡著了，」帽匠對三月兔說，然後他轉頭問愛麗絲，「你猜出謎語了沒？」

「沒有，我放棄。」愛麗絲回答，「謎底是什麼？」

「我不知道。」帽匠說。

「我認為你們應該用這些時間做點什麼，」愛麗絲嘆口氣說，「總比浪費時間問一些沒有答案的謎語好。」

「你一定從沒跟時間說過話，對吧？」帽匠說。

「大概是沒有，」愛麗絲小心翼翼的回答，「可是，在上音樂課的時候，我知道必須按著時間打拍子。」

「噢，時間才不喜歡被人按著打！」帽匠說，「可是，如果你對他好，他也會做任何你喜歡的事。麻煩的是，我跟他鬧翻了。事情是這樣的：上次我在紅心王后的音樂會上唱歌：

飛呀飛呀小蝙蝠！

拍著翅膀去何處？

愈飛愈高頭不暈，

像只飛盤追彩雲！

「我連第一小節都沒唱完，」帽匠說，「因為紅心王后跳出來大叫，『他正在謀殺時間！砍下他的頭！』從那以後，時間就停在六點鐘。」

「就因為這樣，這裡才有這麼多茶杯嗎？」愛麗絲問。

「沒錯，」帽匠說，「時間永遠停在茶會上，沒有中場休息可以洗茶杯。」

「所以你們才會不停的換座位，我猜？」愛麗絲說。

「很正確。」帽匠說。

「可是，當你們換回到一開始的座位呢？」愛麗絲問。

「我們說點別的吧，」三月兔邊打呵欠邊插嘴，「我已經厭煩這個話題了。換你講個故事來聽，小姑娘。」

「只怕我講不出什麼故事。」愛麗絲說，被這個提議嚇到了。

「對了！」他們兩個大叫，「醒醒，睡鼠，別再睡了！」

睡鼠慢慢睜開眼睛。「我才沒睡，」牠睡眼惺忪說，「你們說的每句話我都聽見了。」

「說故事！」三月兔說。

「沒錯，請說。」愛麗絲請求。

「而且要說快一點，」帽匠加了一句，「不然，你還沒說完就會睡著了。」

「很久很久以前，有三個姊妹，」睡鼠說得很快，「他們住在一口井的井底……」

「他們不可能住那裡！」愛麗絲大聲說。

「你再這麼沒禮貌，就讓你來說完這個故事。」

「不不不，請你繼續說。」愛麗絲說，「我不會再插嘴了。」

「於是這三位小姊妹——學會了挖掘——而且他們能挖掘出各種不同的東西——所有會讓人發瘋的東西，」睡鼠繼續說，邊說邊打呵欠、揉眼睛，因為牠愈來愈想睡了，「譬如說捕鼠器、月亮、記憶和多多——意思是很多的很多——你看過有人挖掘多多嗎？」

「沒有，」愛麗絲說，聽得很迷惑，「我不知道……」

「既然不知道，那你就不應該說話。」帽匠說。

這句話說得也太粗魯了，愛麗絲聽得很不高興，所以她就起身走開。睡鼠立刻睡著，另外兩個也沒理會她。當她最後一次回頭看的時候，發現他們正在設法把睡鼠塞入茶壺裡。

「我再也不要去*那裡*了！」她一面說一面走進樹林裡去，「這是我參加過最白痴的茶會！」

愛麗絲才剛這麼說著，就發現樹林中有一棵樹的樹幹上有一道門。

「這真是太奇怪了！」她想，「可是今天所有的事情都很奇怪。所以我還是進去看看吧。」然後她就打開門走進去。

她發現自己再一次來到那個有小玻璃桌的長廊。

「這一次我能做得更好一點。」她對自己說，然後就用那把金色小鑰匙，打開那扇通往花園的門。她還咬了一小口蘑菇（它們一直在她的口袋裡），直到身體變小。接著她走過一條小小的通道，最後終於來到了那座美麗的花園。

8
王后的槌球場

花園的入口處有一株很大的白色樹玫瑰。三個看起來很像是撲克牌的園丁，正忙著把那株樹上的白玫瑰花漆成紅色的。愛麗絲走向他們，怯生生的問：「你們為什麼要把這些玫瑰花漆成紅色？」

「是這樣的，小姐，這裡原本應該要種一株紅色的樹玫瑰，可是我們種錯，種成了白色的。如果這件事被王后發現，我們就要被砍頭了。」

突然，有一個園丁大喊：「王后來了！」接著全部園丁飛快撲倒，臉平貼著地面。有一大列隊伍到來，走在最前面的是紅心紙牌國王和王后。當他們看見愛麗絲時都停下腳步，王后問：「小孩，你叫甚麼名字？」

「我叫愛麗絲，王后陛下。」愛麗絲非常有禮貌的回答，她心想，「他們不過是一列紙牌而已。我不必怕他們！」

「那這些是誰？」王后說，手指向那三個趴在樹旁的園丁。

「我怎麼會知道？」愛麗絲說，很驚訝自己竟然膽敢這麼說，「又不關

我的事。」

王后氣紅了臉，她拔尖聲音大叫：「砍下她的頭！」

「太荒謬了！」愛麗絲說，聲音響亮又堅定。國王伸手握住王后的手臂說：「她不過還是個孩子而已，親愛的。」

「起來！」王后尖叫，於是那些園丁全跳起身，開始行禮。「停！」她尖聲說，並轉身看著那株樹玫瑰，「你們*剛剛*在這裡做什麼？」

王后仔細檢查那株樹上的玫瑰花，然後說：「砍掉他們的頭！」於是愛麗絲迅速把那些園丁藏進一個大花盆裡。

「你會打槌球嗎？」王后大吼。

「會！」愛麗絲大吼回去。

「那就跟我來！」王后咆哮，於是愛麗絲加入了遊行隊伍，她疑惑著接下來會發生什麼事。

「天氣真好！」她身旁有個膽怯的聲音說。那是白兔。

「非常好，」愛麗絲說，「公爵夫人在哪裡？」

「噓！」白兔緊張的說，「她被宣判死刑了。」

「大家各就各位！」王后用雷鳴般的聲音吼叫，於是大家開始朝各個方向跑開，球賽開始。槌球場上到處凹凹凸凸的，被用來打球的木槌是紅鶴，

被打的球是活生生的刺蝟，而紙牌衛兵們必須彎曲身體著地，造出能讓球進入的拱門。

愛麗絲抓起一隻紅鶴，緊緊夾在她的臂彎裡。每一次她想打擊刺蝟的時候，紅鶴就會蜷縮身子，抬頭用困惑的表情看著她，這使得愛麗絲忍不住想笑。而原本應該蜷曲成球的刺蝟卻不斷伸展身體爬走；至於那些衛兵也不斷站起身來，四處走動；還有，球員們也沒照順序上場打球。過沒多久，王后就氣得哇哇大叫。她幾乎每一分鐘都會大吼：「把他們的頭全砍掉！」

愛麗絲開始覺得很不開心，她四處張望，看看有沒有辦法離開這裡。這時她注意到天空中出現了一個奇怪的影像。一開始她還搞不清楚，過沒多久她就發現那是一個笑容。

「是柴郡貓！」她對自己說，「終於有伴可以跟我聊天了。」

「你玩得怎樣了？」貓一等嘴巴完整出現以後，就立刻開口問，但愛麗絲想等到牠的眼睛和耳朵也出現了以後才回答。

很快的，貓的整顆頭全部出現，於是愛麗絲就放下手中的紅鶴，開始跟柴郡貓說起這場球賽，她很高興有個對象聽她說話。

「你喜歡王后嗎？」柴郡貓低聲說。

「一點也不，」愛麗絲說，「她非常……」然後她發現王后正站在她身

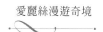

後偷聽，「……明顯會贏得這場球賽，所以完全沒必要繼續打完。」王后聽了就微笑著走開。

「你正在跟誰講話呀？」國王問，他走到愛麗絲身邊，仰頭看見貓頭，嚇呆了。

「我的朋友——牠是一隻柴郡貓。」愛麗絲說。

「我不喜歡牠的模樣，」國王說，「不過我允許牠親吻我的手背。」

「我寧可不要。」柴郡貓表示意見。

「別這麼無禮，也別這樣盯著我看！」國王說，他躲到了愛麗絲的身後。

「貓可以看著國王，」愛麗絲說，「我在一本書裡看過。」

「哦，這句話得刪掉。」國王說，他叫喚王后。

「砍掉牠的頭！」王后連看都沒看就回答。於是國王走開去找劊子手。

愛麗絲決定去找她的刺蝟和紅鶴。刺蝟已經不見了，但她及時逮住了紅鶴，將牠夾在手臂下，然後走回去找她的朋友說話。

當愛麗絲回去的時候，一大群觀眾正圍在那裡看柴郡貓。劊子手、國王和王后正在爭辯，而其他人都乖乖的不敢說話。

他們叫愛麗絲來當裁判。劊子手說，你沒辦法砍下一個頭，除非頭底下有一個身體。國王說，任何東西只要有一個頭，就可以把頭砍掉。而王后

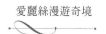

說，如果有某一個東西無法解決，那她就要把全部東西都解決掉。愛麗絲不知道該說什麼，只好回答說：「牠是公爵夫人的貓，你們最好去問她。」

「她正在坐牢，」王后對劊子手說，「去把她帶來。」

當劊子手一離開，柴郡貓的頭就開始一點一點消失，等到劊子手帶著公爵夫人回來時，貓已經完全不見了。國王和劊子手到處跑來跑去找牠，而其他人都回去繼續打球。

9

假龜故事

「真高興又看見你了，親愛的老朋友。」公爵夫人說，她親熱的挽住愛麗絲的手臂。愛麗絲很高興看見她的脾氣變好了，愛麗絲心想，上次在廚房的時候，一定是那些胡椒粉造成她脾氣暴躁的。

「你正在思考，親愛的，」公爵夫人說，「所以你忘記說話。雖然我現在想不起來那句格言是怎麼說的，不過我確信我馬上就會記起來。」

「也許並沒有這樣的格言。」愛麗絲說出她的

看法。

「每件事都有格言，」公爵夫人說，「如果你能用心找。」她的身體更加貼近愛麗絲。

愛麗絲不喜歡公爵夫人靠得這麼近。首先，她很難相處，其次，她的身高正好可以把下巴靠在愛麗絲的肩膀上，而她的下巴尖得讓人很不舒服。

「球賽好像愈打愈順利了。」愛麗絲說，試著繼續交談。

「沒錯，」公爵夫人說，「就像格言說的，『愛讓世界轉動！』」

「有人告訴過我，『如果人們管好自己的事，就可以讓世界轉動』。」愛麗絲輕聲說。

「啊，也對啦！意思幾乎是一樣的。」公爵夫人回答。

「她好愛在每件事裡找格言！」愛麗絲心想。

「我要把我說過的每句格言都送給你當禮物。」公爵夫人說。

「這禮物真小氣！」愛麗絲心想，「我很高興別人沒送給我這類的生日禮

物！」不過她並沒有大聲說出來。

「又在想事情了？」公爵夫人問，並用她又瘦又尖的下巴去戳愛麗絲的肩膀。

「我有權利想。」愛麗絲簡短的說，她開始覺得有點煩。

「正如，」公爵夫人說，「豬也有權利飛！而這裡的格……」愛麗絲很驚訝的發現，公爵夫人竟然沒說完就閉嘴，而且她才正要說到她最喜歡的詞「格言」呢。同時，她挽著愛麗絲的手臂竟然開始發抖。愛麗絲抬頭，看見王后正站在她們面前，雙手抱胸，臉色陰沉得像是暴風雨要來臨。

「你，或者你的頭，馬上給我不見！」王后咆哮，「你做個選擇！」

公爵夫人的選擇是立刻消失。

「我們繼續去比賽吧。」王后對愛麗絲說。當他們打球的時候，王后不停大叫：「砍下他們的頭！」直到所有的參賽者都被關進監牢，只剩下國王、王后和愛麗絲。

「你見過假龜了沒？」王后問。

「沒，」愛麗絲說，「我甚至不知道假龜是什麼？」

「假龜湯就是用牠做的。」王后說。

「我從來沒聽過，也沒見過。」愛麗絲說。

「那你跟我來，」王后說，「讓牠告訴你，牠的故事。」

當他們一起離開時，愛麗絲聽見國王低聲對大家說（這樣王后才不會聽見）：「你們全部被赦免了。」

「*那*真是太好了！」她對自己說，因為她覺得王后下令要砍頭的數量也未免太多了，這讓她很不開心。

很快的，他們看到了一隻鷹頭獅正躺在陽光底下睡覺（如果你不知道鷹頭獅是什麼，可以看圖片）。

「起來，懶惰的傢伙！」王后說，「你帶這個小姑娘去聽假龜的故事。我必須回去安排一些處決。」然後她就走開了，留下愛麗絲單獨跟那隻被叫醒的鷹頭獅在一起。

鷹頭獅坐起身，揉著眼睛說，「跟我來吧！」

「我以前從沒像這樣被呼來喝去，而且這麼多次！」愛麗絲心想，可是她覺得跟著面前這個生物，總比跟著王后安全。

他們沒走多久就看見了假龜，牠一副悲傷又孤單的樣子坐在夕陽下。愛麗絲聽見牠正在唱歌，彷彿牠的心快碎了。她聽了也替牠覺得好難過。

「牠在傷心什麼？」她問鷹頭獅。

「牠只是在幻想。牠並沒有什麼悲傷的事。」鷹頭獅回答。

他們走到假龜的身邊，假龜看著他們，大眼睛裡充滿了淚水。

「這位小姑娘想知道你的故事。」鷹頭獅說。

「我會告訴她的，」假龜說，聲音低沉，語調空洞，「坐下，你們兩個。」

「曾經，」假龜開始說，「我是一隻真龜。」

說完這幾個字，牠就陷入長久的沉默，只有不時發出啜泣。

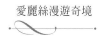

「當我們還小的時候，」最後假龜終於繼續說，「我們去海裡的學校上課。我們的教師是一隻老烏龜——我們都叫牠老書……」

「你們為什麼說牠老輸，也許牠偶爾會贏呢！」愛麗絲問。

「我們之所以稱牠老書，是因為牠教我們看很老的書。」假龜發怒著說。

「那你們都看什麼樣的書？」愛麗絲問。

「老當益壯書、老馬識途書，」假龜回答，「還有老蚌生珠書。」

「我也學過這門課，」鷹頭獅說，「雖然教我們的是一隻老螃蟹，牠一直夾著珠子不放。」

「我們老書還教我們老調重彈和老淚縱橫。」假龜說著嘆了一口氣。

「我也上過。」鷹頭獅說，同樣也嘆了一口氣。

「那你們的課要上多久？」愛麗絲問，試著改變話題。

「第一天上十個小時，」假龜說，「第二天九個小時，以此類推。」

「這個日課表真奇怪！」愛麗絲驚呼。

「所以我們叫它日扣表，」鷹頭獅表示意見，「因為每天都會扣掉一點。」

對愛麗絲來說，這可真是一個新知識，她仔細計算了一下，然後說，

「那麼到了第十一天的時候，是不是就該放假了？」

「那是當然了。」假龜說。

「那到了第十二天的時候，你們會做什麼？」愛麗絲急切的問。

「我們說了太多上課的事，」鷹頭獅打斷話題，牠堅決的說，「現在快告訴她關於遊戲的事。」

10

龍蝦方塊舞

「你以前應該不認識龍蝦，」假龜說，「所以你大概不知道跳龍蝦方塊舞有多麼快樂。」

「首先，」鷹頭獅說，「大家沿著海灘排成兩排，每一個都有一隻龍蝦作舞伴。」

「然後，」假龜說，「你向前踏兩步，並跟你的龍蝦舞伴跳舞……」

「……你交換一隻龍蝦舞伴，然後後退兩步。」鷹頭獅接著解說。

「然後，」假龜繼續，「你用盡全力把你的龍蝦舞伴往大海拋過去，拋得愈遠愈好！」

「你跟著牠們游出海去！然後在大海裡翻觔斗！」鷹頭獅興奮大叫。

「再一次交換龍蝦舞伴！」假龜尖著嗓音大叫。

「然後回到陸地上──這是第一節。」鷹頭獅說。

接著那兩隻生物，開始非常認真的繞著愛麗絲跳舞，兩個都像瘋了似的蹦蹦跳跳。在跳舞的同時，假龜開始唱起歌來，唱得既緩慢又悲傷：

「你走快點行不行？」牙鱈對著蝸牛催，

「鼠海豚正往我背後貼！不時踩到我後尾。」

你看，龍蝦和烏龜已經都超前，

牠們正在海岸等 ── 等我們一起跳舞樂翻天。

來嗎，不來嗎，來嗎，不來嗎，等你一起去跳舞。

來嗎，不來嗎，來嗎，不來嗎，等你一起去跳舞。

你一定不知道那有多歡欣，

當牠們挑中我們，把我們和龍蝦一起拋向海中心！

可蝸牛說：「太遠了，太遠了！我才不！」

牠溫柔的跟牙鱈說謝謝，可牠不想去跳舞。

不想，不能，不想，不能，不想去跳舞。

不想，不能，不想，不能，不想去跳舞。

「謝謝你，這真是一支有趣的舞，」愛麗絲說，很高興歌終於唱完了，「如果我是牙鱈，我也不希望後面有一隻鼠海豚貼著，我一定會對牠說，『拜託你離我遠一點！』」

「其實，」假龜說，「有意志很好，每個人都需要。」

「你是說『有意志』還是『有一隻』？」愛麗絲困惑的說。

「我的意思就是我說的那樣。」假龜回答，語氣很不高興。

「換我們聽聽你的故事吧。」鷹頭獅說。

於是愛麗絲就告訴牠們她的奇遇，從她看見白兔開始。她的聽眾安靜聽著，直到她說起她把乘法表背錯的那段。

「那真的很奇怪，」假龜說，「我建議你現在就背誦一些東西來聽聽。」

「你站起來，背誦那首〈我可以聽見懶骨頭！〉來聽聽。」鷹頭獅說。

這時愛麗絲滿腦子還一直想著龍蝦方塊舞，所以她背誦出來的句子變得非常奇怪：

我可以聽見龍蝦頭！是的，我聽見牠在說話：

「你把我烤得太焦，必須重新染色做頭髮。」

「這完全無厘頭，」假龜説。愛麗絲坐著，臉埋進手裡，心想，她是不是以後都不會正常了。

「換一首好了，」鷹頭獅不耐煩的説，「你再背看看〈我經過他家花

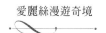

園〉。」愛麗絲覺得很灰心，所以她用顫抖的聲音繼續背：

我經過他家花園，只用一隻眼睛就看清

貓頭鷹和黑豹在分餅。

黑豹吃了餅皮、肉汁和肉餡

貓頭鷹只分到盤子當晚餐。

「你背得真是亂七八糟！」假龜插嘴說。

「沒錯，我想你最好別再背誦了，」鷹頭獅說，「我們還是再試試龍蝦方塊舞吧，或者你想聽假龜唱歌？」

「噢，唱歌，拜託，如果假龜願意的話。」愛麗絲急忙回答。於是假龜長長的嘆了一口氣，然後開始唱起歌，牠的聲音不時夾著哽咽和啜泣聲：

美味的湯，豐盛沒得比，

盛在一個熱鍋裡，

這樣的佳餚誰都想嘗，

晚餐的湯，美味的湯！

突然，從遠處傳來一聲大吼：「法庭審判要開始了！」

「快點！」鷹頭獅喊，牠拉起愛麗絲的手，急急忙忙離開，完全不等假龜把歌唱完。

「審判什麼案子？」愛麗絲一面跑一面喘氣，可是鷹頭獅只顧著加快腳步，而他們身後仍然不斷傳來淒涼的句子：「*晚餐的湯，美味的湯！*」

11

誰偷了餡餅

當他們到達法庭時，紅心國王和王后已經坐在他們的王座上，四周圍坐著一大群小動物。傑克站在他們的前面，上了手銬，而白兔則站在旁邊，拿著一支喇叭和一個紙卷。

法庭的中央有一張桌子，上面擺著一個大盤子，裡面放了許多餡餅。這讓愛麗絲覺得非常飢餓，為了轉移注意力，她開始東張西望。

愛麗絲以前從沒上過法庭，可是她在書上讀過，所以她很高興自己知道周圍那些該叫作什麼。

「那個叫法官，」她對自己說，「因為他戴著大假髮。」擔任法官的是國王，在他的大假髮上面還戴著王冠，這使得他看起來很不舒服的樣子。

「那裡是陪審席，」愛麗絲想，

「而那十二隻生物是陪審員。」她驕傲的對自己說出最後那幾個字，她心想，跟她同年齡的小孩可沒幾個人懂那個意思呢。

那些陪審員全都忙著在板子上寫字。

「牠們在做什麼？」愛麗絲低聲說。

「牠們正在把自己的名字寫下來，」鷹頭獅也低聲回應，「免得牠們自己忘記了。」

「笨蛋！」愛麗絲大聲說，白兔聽了就大喊：「肅靜！」

「宣讀起訴書！」國王說，於是白兔吹起喇叭，打開紙卷，宣讀：

紅心王后做了餡餅，

在一個夏日裡！

紅心傑克偷走餡餅，

把它們全拿走！

「考量裁決！」國王對陪審團說。

「還沒，還沒！」白兔急忙插嘴，「還有很多事要先進行！」

「傳喚第一個證人！」白兔說，接著吹響喇叭。

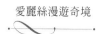

　　第一個證人是帽匠。他進來的時候，一手拿著茶杯，另一手拿了一片塗上奶油的麵包。

　　「國王陛下，請恕罪，」他開始説，「恕我把這些帶進法庭，因為他們去帶我的時候，我的茶還沒喝完。」

　　「你早就該喝完了，」國王説，「現在把你的帽子脱掉。」

　　「它不是我的帽子。」帽匠説。

　　「偷來的！」國王大聲説，他轉頭看評審團，評審員們立刻記下來。

　　「是我在賣的，」帽匠補充説，「我並沒有自己的帽子。我是個帽匠。」這時王后戴上眼鏡，盯著帽匠瞧，帽匠臉色發白，看起來很不安。

　　「陳述你的證詞。」國王説，「不許緊張，不然我會把你處死。」可是這位證人不停的左右擺動身體，神情不安的看著王后。

　　就在這時候，愛麗絲突然發現自己的身體又開始長大。

　　「別再擠過來了。」睡鼠説，牠坐在愛麗絲隔壁。

　　「我也沒辦法，」愛麗絲非常無奈的説，「我正在長大。」於是睡鼠不高興的站起來，走到法庭的另一邊去。

　　這當中，王后一直盯著帽匠看。而當睡鼠穿越法庭的時候，王后説：「把上次音樂會的歌手名單拿給我看！」帽匠聽了更加焦慮，他把茶杯咬下

一大口，而且全身搖晃得更厲害，連鞋子都被他晃掉。

「陳述你的證詞，」國王生氣的重複，「不然我就要把你處死。」

「我是個可憐人，陛下，」帽匠開始說，聲音顫抖，「而且麵包和奶油都變薄了，而且三月兔說……」

「我沒有！」三月兔說。

「你有！」帽匠說。

「我否認！」三月兔很快的說。

「他否認，」國王說，「我們省略這一段。」

「好吧，反正睡鼠說……」帽匠繼續，他擔憂的環顧法庭，看看睡鼠是不是也要否認，可是睡鼠已經睡著了。

「然後，」帽匠繼續，「我又切了一些麵包和奶油……」

「可是睡鼠到底說了什麼？」有一位陪審員問。

「我不記得了。」帽匠說。

「你必須記得，」國王說，「否則我就要把你處死。」帽匠嚇得丟下茶

杯、麵包和奶油，單膝跪下。

「我是個可憐人。」他開始說。

「你說話的能力更可憐，」國王說，「不過如果你只知道這些，那你可以退下了。」

「我沒辦法再往下退了，」帽匠說，「我都已經跪在地板上了。」

「那你可以坐下。」國王回答。

「我寧可去喝完我的茶。」帽匠說，焦慮的看著王后。

「你可以離開了。」國王說。

下一個證人是公爵夫人的廚娘。

「陳述你的證詞。」國王説。

「偏不。」廚娘説。

「陛下必須交叉詰問證人。」白兔低聲説。

國王雙手抱胸，表情不高興，他嚴厲的説：「餡餅是用什麼做的？」

「糖漿。」廚娘還沒回答，她身後就有一個充滿睡意的聲音説。

「把睡鼠趕出去！」王后尖叫，「砍掉牠的鬍鬚！」接下來大家都去抓睡鼠，把牠趕出去。在這一陣混亂之後，大家才發現廚娘不見了。

「傳喚下一位證人。」國王説，明顯的鬆了一口氣。

白兔查看名單。愛麗絲盯著牠瞧，好奇下一位證人會是誰。

「剛才他們都沒説出什麼證詞。」她對自己説。可以想見，當白兔用尖鋭的細嗓子宣告下一位證人時，她有多吃驚。白兔喊出名字：「愛麗絲！」

12
愛麗絲當證人

愛麗絲已經忘記幾分鐘之前她才剛剛長大,所以當她吃驚得跳起身來,

她的裙襬橫掃到旁邊的評審席。

「噢,請恕罪!」她大喊,看見陪審員們個個跌得東倒西歪。

「審判無法繼續進行，」國王用非常嚴肅的聲調說，

「除非陪審員回到適當的位置上！」

「關於這個案子，你知道什麼？」國王問愛麗絲。

「什麼都不知道。」愛麗絲說。

「這點很重要。」國王轉身對陪審團說。

「當然，陛下的意思是說不重要。」白兔插嘴。

「當然，我的意思是說不重要。」國王很快說，然後他開始忙著在筆記本上寫字。過了一會，他大喊：「肅靜！」並宣讀他的筆記本，「規則四十二：凡身高超過一千六百公尺的人必須離開法庭。」

大家都看向愛麗絲。

「我的身高才沒有一千六百公尺。」愛麗絲說。

「你有。」國王說。

「反正，我不離開，」愛麗絲說，「而且，這規則是你現在才創的。」

「這是這本子裡最古早的一條規則。」國王說。

「那它應該叫第一條。」愛麗絲回答。

國王臉色變白，急忙闔上筆記本。

「考量裁決。」他以低沉顫動的聲音對評審團說。

「還有別的證據，陛下。」白兔迅速跳起來說，「這是剛撿到的紙張。」

「這是犯人手寫的嗎？」一位陪審員問。

「不是。」白兔說。陪審團看起來很困惑。

「他應該是模仿某個人的筆跡。」國王說。陪審團露出領悟的表情。

「陛下，」傑克說，「這不是我寫的，也無法證明是我寫的。底下沒有簽名。」

「你一定是存心不良，如果你做人誠實，就會簽上你的名字。」國王說。

國王的話引起一陣熱烈掌聲。這是開庭以來國王第一次說出明智的話。

「這證明了他有罪。」王后說。

「不，並沒有！」愛麗絲說，「你們連詩裡寫什麼都不知道。」

「讀出來。」國王說。

「我應該從哪裡開始讀，陛下？」白兔問，戴上眼鏡。

「從最開頭，」國王嚴肅的說，「一直讀到結尾再停止。」

以下是白兔所讀的：

他們告訴我你曾經去找過她

並對他提到我

她讚美我

卻說我不會游泳。

我給了她一，他們給了他二，

你給了我們三，甚至更多，

然後他把它們全部還給你，

可是它們以前都是我的。

他告訴他們我沒離開

（我們都知道這是真的）。

但如果她想知道更多，

你會怎麼做？

別讓他知道，她最喜歡它們，

這必須永遠是

祕密，別對其他人説，

只有你知我知。

「這是目前為止，我們聽到最重要的證詞。」國王摩拳擦掌説。

「我不認為這裡面有一丁點意義。」愛麗絲説。

「我不知道，」國王説著，將詩攤開在他的膝上看，同時用一隻眼睛瞄

了陪審團，「上面説『……説我不會游泳……』

「——你不會游泳，對吧？」他問傑克。傑克悲傷的搖頭。

「那就對了，」國王說，然後他繼續念詩，「『*我給了她一，他們給了他二，*』——這一定就是在說他拿了餡餅！」

「可是，底下又說『*然後他把它們全部還給你，*』」愛麗絲說。

「可是餡餅就在那裡！」國王大叫，指著桌子上的餡餅，「沒有比這個更清楚的了。然後又說『*……她最喜歡它們……*』你是不是最喜歡它們，我親愛的？」他問王后。

「不！」王后非常生氣的說，她抓起墨水臺往陪審團丟。

「而那些餡餅不喜歡你。」國王說，微笑看著全體陪審團。法庭裡一陣死寂。

「開玩笑的！」國王加了一句，所有人哈哈大笑。接著他又說：「讓陪審團思量裁決吧。」這是他今天第二十次說這句話。

「不行，不行，」王后說，「要先宣判——然後再裁決。」

「這太荒謬了！」愛麗絲大聲說。

「住嘴！」王后氣得臉發紫。

「我才不呢！」愛麗絲說。

「砍下她的頭！」王后尖著嗓音大叫。

「誰管你？」愛麗絲說，這一次，她長大成她原本的大小。

「你們只不過是一些紙牌而已！」她說著，全部的紙牌飛到半空中，然後撲向她。她試著揮開它們，卻發現自己躺在河岸邊，頭枕在姊姊的腿上。她正溫柔的用手拂開那些從樹上飄落在愛麗絲臉上的枯葉。

「醒醒，愛麗絲！」她說，「你睡了好久！」

「噢，我作了一個很奇怪的夢！」愛麗絲說，於是她告訴姊姊那一場奇怪的歷險，也就是你上面讀到的故事。

當她說完以後，她姊姊親親她，並說：「這真是一個奇怪的夢！現在你趕快回家喝茶吧，時間很晚了。」

愛麗絲起身跑回家，她一面跑著一面想，這個夢真的很奇妙啊！可是她姊姊依然坐在那裡，手托著腮，眼望著落日，心裡想著愛麗絲和她的奇妙歷險。

她想像著小小的愛麗絲——正用雙手抱膝，明亮的眼睛看著她——她可以聽見小愛麗絲的聲音正在說話，也能看見那幾絡總是遮住愛麗絲眼睛的

亂髮。

　　然後她又想像著愛麗絲長大以後，跟她的孩子們說故事的

模樣，讓孩子們的眼睛發亮，急切要求聽各種奇怪又奇妙的故

事；也許她還會說起，很久以前她曾作過一個奇境歷險的夢。

她想像著，當愛麗絲回憶起她的童年

和快樂的夏日時，會如何跟孩子們分享

日常的煩惱，以及在平凡喜悅中所

感受到的歡樂。